Merih Günay

LA BODA DE LAS GAVIOTAS

Novela breve

Traducido por: Karin Blanco

LA BODA DE LAS GAVIOTAS

© 2020 Merih Günay

Traducido por: Karin Blanco

Cover Art - © 2020 Texianer Verlag

ISBN 978-3-949197-39-0

Texianer Verlag

Johannesstrasse 12

78609 Tuningen Germany

www.texianer.com

Primera parte

Empecé diciendo "¡Dios mío!" aquella mañana clara y alegre del mes de agosto. "-¡Fuerza Suprema!" Me eché a la calle habiendo dormido lo suficiente y picado algo antes de fumarme el cigarrillo. Caminaba animado de casa directamente hacia mi lugar de trabajo por la calle Imrahor, que olía a albahaca. Mi primer libro acababa de ser publicado y recibía elogios. La excitación entusiasta de la segunda mitad de mi veintena de años se había apoderado de todo mi ser. Regentaba una tienda de objetos de regalo en una avenida turística de la histórica península. Vendía cosas como planos de la ciudad, postales, guías y azulejos de pared. Mi trabajo iba bien, tenía salud.

"¡Pero si así no se puede ser escritor!" Hablaba en voz alta y riéndome a carcajadas de mis propias palabras. "El llamado escritor debe ser un miserable, ¡le ha de oler la boca del hambre que pasa!" Al decir esto pasaba por delante de la iglesia de Surp Kevork, cuyas campanas comenzaron a repicar. Como he dicho, era una mañana de verano luminosa, reluciente. En aquel momento mi hija acababa de cumplir su cuarto año y vivíamos en la opulencia y la felicidad. Vestíamos ropas caras y comíamos opíparamente. El piso, lo habíamos comprado hace poco con el dinero sobrante de nuestros gastos. Tenía aire acondicionado, bañera encastrada en el suelo e incluso una coqueta terraza.

"¡De la pluma del escritor no ha de gotear miel sino sangre!" Me hacía el extravagante diciendo "¡Buenos días!" o "¡Buenas, caballero!" a quienes pasaban por mi lado. Ellos me respondían con un movimiento de la cabeza. Me sentía como un lord, como un filósofo, casi como un profeta.

Frente a la escuela, hacían bajar del minibús a los alumnos del liceo armenio. La dulce algarabía de los pimpollos llenó la avenida. Yo también reía mientras seguía hablando conmigo mismo: "Bajo las circunstancias que has comentado tan solo se puede llegar a escribir éso. ¡Si fuera un miserable, un pobre, un parado, ibas a ver las maravillas que creaba!"

¡Padre Todopoderoso! No sabía que oirías mi voz, que la tomarías en serio y que en ése mismo instante comenzarías a hacer cuanto estuviera en tu mano para hacerlo realidad...

Poco más allá en la avenida por la que caminaba, frente a un gran hotel, se produjo un gran estruendo. Mientras la gente miraba sorprendida y asustada tratando de comprender qué sucedía, comenzaron también a huir a derecha e izquierda. La claridad y alegría de la mañana desapareció en un instante y los pájaros posados en las ramas de los árboles se fueron, dejando sus voces. Bajo el humo que cubría la zona oí a unos niños gritar "BOMBA" y les vi saltar por encima de cadáveres que yacían en charcos de sangre para más tarde perderse de vista. Me quedé parado donde estaba.

No cesaba el ir y venir de las ambulancias y la policía haciendo sonar sus infernales sirenas. Un servidor, gran hombre y grandioso profeta, quedaba allí clavado de aquella manera y pudiendo sentir cómo la cara me amarilleaba de terror. Todo mi cuerpo temblaba mientras miraba los zapatos sueltos manchados de sangre, los bolsos de señora, las cajetillas de tabaco por el suelo. "¡Maldita sea!..." susurré: "¡Era una broma, eh!

La policía trataba de acordonar la zona y los ambulancias de llevar cuanto antes a los heridos al hospital. Los escaparates de las tiendas y las ventanas de los pisos circundantes se habían roto; un coche vuelto del revés comenzó a arder en llamas. Sin cesar, con sus personitas dentro, surgían de él llamaradas amarillas. Yo todavía no me había movido un milímetro de donde estaba, quedé petrificado "¿¡Qué broma era aquella!?"

En la tienda, a la que a duras penas pude llegar castañeteándome los dientes y temblándome las manos, el dependiente oía las noticias de la radio con la cabeza en otra parte. La presentadora de voz enfática de la TRT hacía saber desde Ankara que dos bombas más habían explotado simultáneamente: frente a un banco extranjero una y delante de la embajada americana la otra. La mujer decía que entre los muertos y heridos había también turistas extranjeros···Lo decía una y otra vez, la muy desvergonzada, ¡insistiendo en ello para colmo! Un escalofrío, una fúria súbita, me llenaron: ¿No era aquella pobre gente al menos tan valiosa como yo? ¿Acaso no eran personas selectas?

Esta cosa asquerosa, ¿no se estaba pasando al quitarles sus dulces vidas a esos pobres turistas tan lejos de sus casa y así de repente? ¿No sabe que esa santa gente no son pobretones? Este Dios, que ve cualquier mierda que pase, ¿no se da cuenta de que yo gano dinero con los turistas y que aún no he amortizado la inversión?

No lo veía··· Aquél día, aún antes de oscurecer, no iban a quedar apenas turistas en la ciudad. Las aerolínes fletaron vuelos extraordinarios para alejarles de la ciudad bombardeada. Esos benditos tampoco iban a volver hasta que se olvidara el suceso, ni dejarían los dólares y euros que me hacían falta para vivir con comodidad y alegría. Me darían la oportunidad de aprenderme de memoria todos los clásicos, de romperme la cabeza leyendo mientras esperaba su regreso.

Claro que yo ya sabía entonces que la escritura no es un oficio que dé dinero.

Hacía seis meses que había tomado buena nota de lo sucedido aquél día y decidido no volver a bromear jamás con criaturas para mí desconocidas. En ese período no había entrado en la tienda ni un céntimo, los gastos se convertían en deudas a las que me enfrentaba tomando prestado y esperando con ilusión que la situación se arreglara.

No tenía ya nada y los acreedores comenzaron a agobiarme. Mi mujer se quejaba continuamente, quería que cerrara la tienda y me pusiera a trabajar en alguna parte. Yo, que durante años había trabajado como un burro sin importar si era de día o de noche bajo los siete pisos de un hotel en el cuarto de la calefacción, cargando para sacarlos fuera bidones de ceniza caliente mayores que mi propio cuerpo, limpiando baños, fregando y barriendo el suelo. Quería que cerrara esta preciosa, inigualable tienda que había abierto reuniendo las perras que ahorraba, este pequeño mundo cuyo dueño era yo. Quería que volviera a aquellos días.

Iba aquitarme esta ropa de tela cara que llevaba y a ponerme el uniforme de la mano de obra barata. No iba a pensármelo media hora diciendo "¿Qué puedo comer hoy? ¡Ya estoy harto de kebaps!", sino a mojar pan en los platos sin carne que preparara el cocinerillo de turno con sus sucias manos...

A los agravios varios de los jefecillos, contestaría con excesivo respeto diciéndoles "Tiene usted razón. Como usted quiera, señor." Observaría con sorpresa cómo superaban esa mezquindad más allá de los límites de la razón. Elegiría el tabaco que fumar, el libro que comprar, el coche al que subirme, según las monedas que llevara en el bolsillo. Apagaría las luces aún encontrándome dentro de casa y repararía los grifos que gotearan para que no subiese mucho la factura ...

Eso era lo que quería mi mujer, de lo que me creía merecedor; la razón por la que había juntado sus cosas y se había ido de casa. No sabía, no quería entender; ya faltaba poco. Dentro de un mes comenzaría la temporada. Aquel día infame haría mucho que habría sido olvidado, los turistas comenzarían a venir en tropel y yo volvería a meterme en el bolsillo su mágico dinero. Además, no iba a hacerme el extravagante nunca más.

Aquel tonel de médico, mientras salía de la habitación con sus ayudantes tras un breve reconocimiento, dijo sin mirarme a la cara siquiera:

"Mantenle la mente despierta". "Habla con él".

Por obligación.

Pensaba qué diría cuando nos quedáramos solos en el cuarto. Con las manos a la espalda, no paraba de dar vueltas a la pequeña habitación de hospital. Luego, volviéndome directamente hacia él desde donde estaba susurré: "Ha habido un terremoto". Despacio, giró hacia mí su apestosa cabeza y moviendo pesadamente sus secos labios preguntó: "¿Otra vez?". Así que se había enterado del primero. Después volvió la cabeza al mismo lado de antes, cerró los ojos agrandados por el miedo y se durmió. Yo hasta la mañana no pude dormir, olía todo a medicinas.

Miraba hacia fuera sentado en el radiador templado que había a un costado de la ventana. Por la avenida pasaban coches y personas de tanto en cuando, luego, de repente la sirena de una ambulancia dirigiéndose a la puerta de urgencias llenaba aquello. Seguidamente se tranquilizaba todo. Y así continuó. El ambiente estaba silencioso y tranquilo. Los barcos, alineados en el regazo del mar como crías de perro, dormían meciéndose. Se aproximaba una larga y fría noche.

Mi hermano me había llamado por la tarde cuando iba a salir de la tienda para decirme que mi padre se había puesto peor y que le habían llevado al hospital. Ellos habían esperado junto a él hasta la noche. Yo debía hacerlo hasta la mañana. Entonces vendrían. Como no tenía otra cosa que hacer me levanté y fui. Conocía el hospital, era el de la seguridad social. Mi tío materno murió aquí, tal vez el suyo también. Los pobres de la zona lo elegían para morir. Tenía fama de poseer la morgue más concurrida de la ciudad.

Al llegar le estreché la mano sin ganas a mi hermano e hice como si no hubiera visto a mi madre. No me hablaba por no ir a visitarla, por no llamarla para preguntar cómo estaba. Pero estaba seguro de que había sido ella quien le había dicho a mi hermano que me llamara, él no lo hubiera hecho por iniciativa propia. También él estaba enfadado conmigo, todos lo estaban. No

quería hablar ni relacionarme con nadie. Esperaba enterrado bajo libros. Contaba las horas,
los días que faltaban para que llegaran los turistas, para que comenzara la temporada. Al llegar
ellos también lo harían mi mujer y mi hija; rei-
ríamos y nos divertiríamos. No había llamado
una sola vez desde que se fue a casa de su madre con el vientre hinchado. Yo tampoco. Tampoco lo hice cuando la semana pasada un conocido de ambos llamó para contarme que había
sido padre por segunda vez. Solo dije para mis
adentros "Bienvenido a este mundo de mierda".

A las ocho entraron el médico en prácticas y la
enfermera y me pidieron que saliera al pasillo.
Salí. Podía verle desde el lugar donde me había
clavado apoyando la espalda a la pared: pálido
y tan delgado que se le contaban los huesos,
dormía sin enterarse de lo que pasaba a su alrededor, bajo aquella sábana gastada de tanto ser
lavada.

Al levantarla y palparle un poco se preocupa-
ron: las niñas de sus ojos, sus fosas nasales y sus

elegantes pasos se aceleraron. A prisa, lo conectaron a una máquina portátil.

Mientras la enfermera de cara larga le apretaba las muñecas de ambas manos, el joven doctor le bombeaba el corazón con sus suaves palmas. Solo duró unos segundos. Luego me llamaron adentro haciendo una seña.

-- ¿Qué parentesco tienes con él?

-- Soy su hijo.

-- Se ha muerto. Busca una ATS para que te ayude con los trámites de la salida.

De un golpe se encontraría extendido en la tierra y de un segundo golpe se hallaría en el paraíso de los médicos. Miré la cara de mi padre como si no hubiera oído lo que me habían dicho. Tenía los ojos abiertos de par en par, los labios entreabiertos. Como si hubiera muerto de sed.

No me di prisa. Pensé que cada segundo que permaneciera en la cama antes de enterrarlo era una alabanza hacia el muerto, a pesar de que los muelles estuvieran dados de si y la sábana vieja. No encontré ningún inconveniente en que pasara unos minutos de más en el mundo en cuyos talleres de tornero había trabajado sin ver la luz del día y en cuyos pisos de alquiler sin enlucido en las paredes había vivido sus setenta miserables años.

Antes de buscar a la ATS llamé a un conocido desde el puesto de policía de la entrada del hospital: "Ha muerto mi padre", dije. "Ay nooo···" contestó "Lo siento" Dije "Gracias" y colgué. Sabía que no me iban a dejar a mí dar la noticia del fallecimiento.

Autobuses, ambulancias y taxis pasaban continuamente. Me encorvé en una esquina desde la que podría ver la llegada de mi madre, mis hermanos y tal vez de alguien más y encendí mi último cigarrillo. Llegaban sonidos tristes desde arriba. Levanté la cabeza para mirar: había una boda de gaviotas.

¡Qué entierro! Los dioses del proletariado no habían escatimado favores a este fiel siervo en su último viaje. La lluvia que caía al llegar al cementerio del ayuntamiento había convertido la tierra en lodo. Los zapatos que llevaba se estaban poniendo viejos y caminaba embadurnándomelos de barro. El agujero reservado para él estaba cinco metros más allá de la puerta frente a la que se había parado el coche funerario. Además, al salir del rezo un imbécil que participaba en aquél pomposo rito solo por hacer una buena acción, al descubrir que era hijo suyo, me empujó bajo el ataúd.

Ja ja, el difunto – junto con sus huesos- no debía de pesar más de cincuenta y cinco quilos. Si se apartaran los huesos, con la carne que se sacara no se llenaría ni una cría de gato. Sin embargo, tras sentarse a la mesa tardaba una hora en levantarse. Cada noche apuraba todo lo que se sirviera como si viniera de pasar calamidades. "Es porque no come al mediodía, hijo" decía mi madre. "Para que el sueldo sea de cuatro perras más, acordaron con el taller que no comería allí." Me entró un dolor en el hombro, estaba empapado hasta las entrañas. Los calcetines me chorreaban, al dar un paso los pies me hacían chof chof. El señor imam andaba delante nuestro, balanceándose con su turbante en la cabeza. De vez en cuando levantaba su grasienta cara murmurando "Misericordia, misericordia". Quedé sin aliento, las pesadillas se apoderaron de mi mente. La vista se me nublaba del hambre, soñaba mientras caminaba tambaleándome:

"Todo el mundo permanecía quieto y en silencio alrededor de la tumba, con las manos y las cabezas inclinadas hacia delante. Algunos lloraban. Al cavar la tierra el enterrador da con la pala en una ánfora; la rompe en añicos y se desparraman de ella monedas de oro. Las cabezas se levantan y asaltan la tumba. Bajo todos ellos está el imam. Se pelean por las monedas de oro, empujándose unos a otros. Yo por mi parte, tomando la pala en mi mano, comienzo a echarles tierra encima."

Todos quienes le conocíamos y queríamos aca-
paramos el entierro. Mi hermano, yo, mi madre
y el casero. Y aquel filántropo. A cada paso que
daba el ataúd se hacía más pesado. Avanzaba
extraviado de mi mismo por el estrecho camino
de tierra entre aquellas tumbas, que a modo de
lápidas tenían clavados trozos de madera. No
tenía hombros anchos ni potentes bíceps. No tenía la fuerza de un par de bueyes. ¡Pero si era un
canijo! ¡¿Qué ataúd era aquél?!

Al volver por la tarde a la tienda vi que las cosas de los estantes y los azulejos de las paredes
estaban por el suelo hechos añicos y que los ca-
jones de las mesas estaban hacia fuera. Las paredes agrietadas, los cristales rotos, el suelo abo-
llado. Las voces de la gente que pasaba por la
avenida llegaban a mis oidos hablando de miles
de muertos, de una ciudad reducida a escom-
bros, de desastre··· La miseria y la devastación
estaban tan cerca la una de la otra como mis
dos testículos.

Me palpé los bolsillos para comprar algo de comer y cigarrillos. Estaban vacíos. Al venir había pagado con mi última moneda en el microbus. No sabía si lo que hacía que la cabeza me diera vueltas era el hambre o la falta de tabaco. En cuanto a la tienda, había tomado una decisión. Sin coger una mierda cerré con la llave y la dejé en la tienda de al lado para que se la dieran al propietario y me fui. No volví a pisar aquella avenida.

Caminaba directo a casa con las manos en los bolsillos. La lluvia cesó un momento, luego comenzó a caer otra vez. Hacía casi un mes que llevaba puestos la misma camisa y el mismo pantalón. "Tendría que haberlo dejado aquel maldito día" pensaba mientras andaba. "Pero cómo iba a saber que habría un terremoto justo cuando las cosas iban a mejorar." Delante, una moto montada por dos personas se aproximaba a mi a gran velocidad por la calle mojada. Al hacerme a un lado vi que una cría de gato se tiraba a la calzada. Sin tener oportunidad de gri-

tar "¡Cuidado!.." vi que quedaba bajo el pneu-
mático delantero y arrugué la cara.

La moto se tambaleó ligeramente tras pasar por
encima de las costillas del gato, luego se repuso,
alejándose rápidamente. Primero quise cambiar
mi ruta, huir, vomitar. Más tarde recompuse mis
ideas y pensé sacarlo de en medio de la calzada.
Comenzaba a oscurecer de verdad. Arranqué
una rama fina de un árbol de la acera y me
acerqué. La lluvia seguía golpeando el asfalto
pero el gato no estaba. Miré en la calzada, en la
acera, entre los parterres, pero no. Quizá ni tan
siquiera la moto hubiera pasado por la avenida,
y hubiera en mi bolsillo al menos una moneda
con la que comprar algo que acallara mis tripas
o como mínimo un paquete de cigarrillos.

Al torcer de la avenida a la calle donde estaba
mi casa oí lo que decían dos personas que se habían resguardado a esperar que amainara la lluvia bajo el toldo de la carnicería. "Pobrecilla···"
decía el mayor de ellos señalando a una mujer
que caminaba algunos metros delante de mí.

"Es sordomuda". Por lo que pude ver desde atrás, hablaban de aquella mujer bajita y gorda. El hombre siguió hablando: "¡Dios nos guarde! Si fueran a hacerle algo no podría decir ni mu."

Mientras entraba en el piso donde vivía, intenté hacer inventario en mi borrosa mente de todos los que vivían en el bloque. A parte de mí debía de haber tres familias, dos viudas mayores y un estudiante. Al meterme dentro, la luz automática de la escalera aún no se había apagado. Al pisar el primer escalón oí una puerta que se cerraba. Comprendí que había entrado en el piso que estaba debajo del mío, donde recordaba a un universitario.

Al parame frente a la puerta y sacarme las llaves del bolsillo, vi los sobres colocados bajo la aldaba. Eran los avisos, las órdenes de pago que me enviaban del banco por las mensualidades del préstamo que debía. Ya me llegaban antes, hace meses que ya no los abría. No había nada que hacer. No quería ver con cara de pasmado cómo aumentaban las cifras ni leer las tonterías legales.

Los tiré junto a los otros sobres acumulados en el zapatero del recibidor y me metí en la cocina. Nada que comer. Me quité la ropa mojada que llevaba y la colgué en los pomos de las puertas para que se secara. Con una toalla que encontré, me sequé el pelo y luego me estiré en la cama. Después me entró un temblor repentino y me eché la manta por encima. Sentía cómo me dolía el pecho al respirar. Al pasar el dolor me levanté y fui al baño. Dejé correr el agua templada sobre mí y al enjabonarme la axila noté entre los pelos un grueso saliente. Era un tallo parecido a la rama de una planta. Fui presa del pánico: si lo dejaba allí crecería, rápidamente envolvería mi cuerpo como una enredadera. Tendría que ducharme tres veces al día para regarlo, esparcirme tierra en las plantas de los zapatos y vestir cosas que no lo dejaran ver. Cogí una cuchilla de afeitar con el filo roto que había a un lado de la pica y lo rasuré. Fuera. Tampoco volvió a salirme.

Cerré del todo ventanas y cortinas; acostado en la cama pensé en cosas diversas. La mente se me atascaba en aquella frase: "no podría decir ni mu". Comencé a repertirla en voz alta. Al hacerlo perdía su sentido. Un rato más tarde ya no significaba nada. Luego retomaba otra palabra "Pobre" – decía, repiténdolo en voz alta "Pobre, pobre, pobre, pobre, pobre." Luego volvía de repente a "no podría decir ni mu". Al pronunciarlo la primera vez, sabía lo que significaba, al repetirlo, lo destruía. Pensamientos confusos asaltaron mi mente, sin poder yo controlarlos.

Lo primero que sentí al abrir los ojos fue el hambre, me dolía el estómago. Inconscientemente volví a la cocina y abrí la nevera. Revolví estantes y armarios pero no encontré nada. Cuando entré al cuarto de baño para lavarme, topé con la visión de mi cara mustia, la barba asquerosa y los ojos hundidos.

Me lavé la cara y volví a mirarme, tenía un aspecto terrible.

Entreabrí la cortina y observé el exterior a través del cristal empañado de vapor. En la esquina de enfrente, un chatarrero removía la basura dentro de los contenedores y tiraba de vez en cuando una bolsa de plástico con restos de comida frente al flacucho perro callejero que llevaba consigo. Cerré la cortina y me fui al salón. Cogí de la estantería un libro cualquiera y me estiré en una butaca. Tras mirar el título pasé página. Leía un párrafo, no lo entendía, volvía a comenzar. No era capaz de establecer una conexión entre las frases. A ratos mi pensamiento tropezaba con otra cosa y de nuevo volvía a empezar. No pudiendo caso omiso de los ruidos provenientes de mis tripas durante más tiempo, me levanté. Me puse la camisa y el pantalón y abrí la puerta. Bajo la aldaba había otro sobre más, lo tiré sobre el resto y comencé a bajar sigilosamente los escalones. De casa de la mujer sorda salían ruidos de vajilla. Un olor a sopa se había extendido por la escalera. Pensando que encontraría algo que comer, bajé a la carbonera del sótano. Mientras iba hablando conmigo mismo: "¡Maldita sea! ¿Has oido que yo haya pedido prestado antes?" Aquello iba dirigido a mi primo, que regenta una tienda de electrónica en Pequeña Santa Sofía . "Si te lo pido será porque lo necesito, porque no tengo nada. ¿Que tú tampoco? ¿Ah sí? ¿Crees que no sé el tipo de tacaño que eres, que no darías ni agua a nadie?". Entonces me paré de golpe. Me vino a la mente que no le había pedido dinero. Me sorprendí. Seguí murmurando: "¿Acaso me lo hubieras prestado si te lo hubiera pedido? ¿Que no lo sabías? ¡¿Que no lo sabías, rey de los tacaños?!"

Al entrar en la carbonera y levantar el cortacorrientes eléctrico, hubo en los pisos unos instantes de agitación. Me puse la mano de visera porque la luz me cegaba, entonces sentí un dolor y justo después el fuego que me subía por la frente.

Al poco rato, por haber echado una mirada a mi alrededor y no haber encontrado nada que llevarme a la boca, comencé a escalar las escaleras de nuevo. El olor a comida llenó mi mente, mis pulmones, todo mi cuerpo. Tras quedarme parado inconscientemente durante algunos segundos frente a la puerta de la que provenían aquellos efluvios, volví a entrar en casa. Apoyé la boca al grifo de la cocina y llené el estómago con agua fresca. Unos minutos después vomité del ardor que sentía y me acosté. Me eché la manta encima mientras intentaba ahuyentar de mi mente confusos pensamientos. Me sentía con la obligación de dormir, no paraba de dar vueltas. En cierto momento fui a meterme la mano entre las piernas y noté una ausencia. Me tanteé la entrepierna con la mano. No estaba. Fui presa del pánico. Enseguida oí una voz. Saqué la cabeza por fuera de la manta y paseé la mirada por encima de la alfombra. Allí estaba: de pie sobre la alfombra, apoyaba la espalda en el armario ropero, las manos en la cintura y me miraba con ojos furiosos refunfuñando por lo bajo. Empujé la cabeza al frente y observé con atención. Tenía ojos, boca, nariz y orejas. En la cabeza un sombrero, un pantalón corto en la parte inferior y el torso lo llevaba desnudo. Apoyé las manos en la sábana y empujé todo el cuerpo hacia delante. Casi me caigo de lo horrorizado que estaba. Irguió la espalda y siguió murmurando. No era capaz de entender porqué estaba furioso ni qué decía. Era muy mono. Nunca antes lo había observado tan atentamente. ¿Por esto se había enfadado? ¿Por no hacerle caso? Son cosas que tienen fácil remedio, la verdad. Pensé que debía atraparlo y luego colocarlo frente a mí y hablarle. Abrí bien el brazo derecho lanzándolo rápidamente sobre él. Pero se escurrió saltando sobre la cómoda, donde volvió a echarse las manos a la cintura y refunfuñar entre dientes. Luego saltó al alféizar de la ventana y de allí al exterior, perdiéndose de vista.

En el momentoen que me eché la manta sobre la cabeza y comencé a llorar sonó el timbre de la puerta. Primero pensé que me había equivocado, por eso no me levanté de donde estaba.

Luego, al sonar largamente, afiné el oido. "Parece que papá no está en casa, mamá." Aquél era el sonido que había oido. La voz que me llegaba desde ocho pasos de distancia de mi cama. Cuando empezó a golpear sin parar la aldaba

de la puerta estuve seguro. Pensé que estaba sal-
vado. Pensé en mi hija, en mi mujer, en comida
caliente. Todos mis anhelos esperaban a ocho
pasos de mí a que los hiciera entrar. "Ja ja" me
dije "O sea, que la broma se ha acabado." Apoyé las palmas en el suelo y me bajé de la cama.
Mientras la aldaba seguía golpeando, yo gatea-
ba hacia la puerta. Unos segundos más tarde
reuní toda mi fuerza y abrí. "¡Qué gracia!"

Un hombre, de pantalón gris sobre zapatos abri-
llantados y corbata miraba sorprendido hacia
abajo, a mi cara, mientras agitaba los papeles
que llevaba en la mano. Junto a él había otro
que vestía parecido y otros dos sin arreglar. Al
decir mi nombre y preguntarme "¿Es usted?",
asentí con indiferencia. Hablaban de que venían
del banco, de la deuda, de las cartas y de un
montón de cosas más, sin aminorar la velocidad
en absoluto. También se abrió la puerta del piso
de al lado, salió al descansillo una ujer que me
miraba ahora de un modo raro. Cuando terminó de hablar, fui capaz de decir "No tengo dinero." De mi boca no salió nada más. "En ese caso

tengo que cumplir con mi deber, le vamos a des-
hauciar", dijo.

Entraron pasando junto a mí sin ni tan siquiera
quitarse los zapatos. Estuve mirándoles desde la
entrada, donde seguía a cuatro patas. Hablaban
de algo entre ellos, mientras pasaban la mano
por encima de los muebles. Al poco rato los más
sucios sacaron las cosas que se les señaló y comenzaron a bajarlas.

Primero bajaron juntos lo más grande, luego
volvieron para cargar con otras cosas. De vez en
cuando me miraban a la cara.

Se vació la cocina. Se fueron la nevera, el horno,
el friegaplatos, la vajilla, todo. La televisión, los
sofás, la vitrina, la mesa de comedor, el ropero,
las mesitas, las cómodas. Seguían dando vueltas
por la casa y bajando los objetos pequeños que
iban encontrando. El armario de la cocina, las
alfombras enroscadas tras la puerta, el espejo
del cuarto de baño, hasta un cuadro se llevaron
de la pared. Un par de horas más tarde estaba

yo apoyado en el borde de la ventana de mi
casa totalmente vacía viendo a la gente volver
de su trabajo a casa. Las mujeres y los niños sa-
caban sus cabezas por ventanas y balcones, vigi-
lando el camino de sus padres y maridos. Yo por
mi parte, intentaba acallar el ruido de mi estómago apoyando la boca en el grifo cada diez o
quince minutos. Es lo único que hice hasta el
momento en que las fuerzas se me agotaron de
veras y los ojos comenzaron a cerrárseme.

Al acostarme, un timbre me sonaba en el cere-
bro. Sin cesar. Largo y tendido. Pensé que era el
timbre de mi estómago. Quería despertarme, sacarme de la cama para que buscara algo con
que llenarlo. Pero yo no quería abrir los ojos ni
asomar la cabeza por debajo de la manta. De
tanto en tanto, oía la voz de mi hija llamándo-
me y me veía siendo aplastado por un pneumáti-
co. Luego comencé a oir el sonido de la aldaba.
Frente a mis ojos, en una mesa colmada de ex-
quisiteces, gente bien vestida bebiendo *rakı*, las
mujeres riendo a carcajadas por bocas de dientes blanquísimos y labios de una belleza esplén-

dida. Luego las voces y las imágenes se perdieron, pero seguí oyendo el sonido de la aldaba. Tras dejar paso todo aquello a un estruendo mayor, entreabrí lo ojos, sin poder siquiera ver las caras de las dos persona que me habían sacado de la cama y me estaban arrastrando escaleras abajo mientras intentaba comprender los sonidos que había oido en el piso.

- ¿Es por eso que hace días que no sale de casa?
- Míralo, si se ha vuelto un pordiosero.
- Si le ha dejado su mujer será por algo···

Comprendí que me habían metido en un coche y me llevaban a algún sitio, pero no qué era lo que estaba pasando. Tampoco me esforzaba en ello. Las palabras que llegaban a mis oídos, a pesar de resultarme conocidas, no me decían nada. Sin darme cuenta, había puesto mi mano temblorosa sobre el hombre que estaba junto a mí y la movía. Buscaba un trozo de pan, un cigarrillo. Estaba en tan mal estado que me llevó varios minutos llevar la mano desde el pantalón

del hombre hasta su camisa. Al poco rato paramos y al hacerme bajar del coche pude abrir un
poco los ojos. Primero todo se iluminó, tanto
que no era capaz de distinguir nada entre tanta
luz ni de mover los pies. Tras subir unos cuantos
escalones arrastrándome, me metieron por una
puerta.

Permanecía de pie en el centro de la habitación
entre los dos que me agarraban fuerte por las
axilas. A un paso frente a mí había una gran
mesa y sentado detrás de ella un hombre de uniforme. Comprendí que estaba en una comisaría.
El reloj colgado en la pared detrás de él daba
las tres de la noche y el calendario justo debajo
tenía el recuadro sobre el 13 de abril. Levantó la
mirada de la hoja que estaba leyendo, me miró a
los ojos y luego la paseó por mi cara. Tras observar con atención las ropas sucias que hace
días que no me quitaba me preguntó: "¿A qué te
dedicas trabajas?".

No comprendí la pregunta enseguida, dió unas
vueltas por mi cabeza, se desintegró, se dispersó,

se estrelló a un lado y a otro. Luego me salió como respuesta: "Al sector turístico." Tras estudiar de nuevo mi aspecto y mirándome con sorpresa me preguntó "¿Con esas pintas?".

Tras pensar un poco dije: "Sí".

- ¿Cuántos años tienes?
- Veintiocho.
- En tu documentación no pone eso.
- Tal vez veintinueve. No lo sé, no estoy seguro···
- ¿Estás casado?
- Sí···No, no lo estoy
- ¿Estás casado o no?
- No sé. Estuve casado, pero luego no sé qué pasó.
- ¿Y eso qué quiere decir?
- Nos ibamos a separar, había pedido el divorcio. Luego no sé qué pasó.

Siguió preguntándome sin sacarme los ojos de encima:

- ¿Qué te ha pasado en la cara?
- ¿Qué tengo en la cara?
- La tienes arañada de lado a lado, ensangrentada. ¿No te habías enterado?
- No. Me lo habrá hecho un grato. No sé. Estoy un poco confundido.
- ¿Porqué lo hiciste?
- ¿El qué? Yo no he hecho nada.
- Digo que porqué atacaste a esa mujer.
- Yo no he atacado a nadie. Estaba acostado, durmiendo.
- ¡Deja de marear y contesta como Dios manda!
- Yo buscaba algo de comer.
- Y te dijiste ya que estoy, la voy a violar, ¿no?

- No. Yo solo buscaba comida. Pero luego···
- ¡Calla! Mírate, todavía estás tiritando, estás pálido.
- Es que tengo un poco de hambre···

- Si ya lo sabré yo, de qué tienes tú hambre. Vamos a ver, explícate. No nos hagas perder el tiempo. ¿Tenías intenciones de aprovecharte de ella?

- Yo···pensando que tal vez encontraría algo de comer···

- ¡Deja la comida! Cuenta lo que pasó.

- Bajé a la carbonera. Al dar la luz se escaparon.

- ¿Quién se escapó?

- No sé, debían ser gatos, o ratones.

- ¿Lo que te hizo ese raspazo en la cara no será una uña de esa pobre mujer a la que atacaste?

- No sé nada de la mujer. Yo en la carbo···

- ¡A callar! Deja la carbonera. Yo ya sé lo que has hecho.

De repente fui presa de una gran furia. Mi mente perdió su claridad, ofuscándose del todo. "¡Tú lo sabes, todo lo sabes! ¿Entonces para qué me preguntas? Y una mierda lo sabes. ¿Qué es lo que sabes? Vete a··· La vista se me nubló sin poder terminar la frase. Antes de desvanecerme

pude oír a uno que entraba por la puerta de la
habitación y decía "Hemos traido a la mujer, co-
misario" "¿Los ponemos frente a frente?"

Segunda parte

Nada más abrir los ojos comencé a toser. "Por fin le ha bajado la fiebre" decía una mujer: "Esta tarde ya se puede ir". La habitación estaba llena de luz natural. El alegre sonido de los pájaros entraba por la ventana. El ruido de mi estómago había cesado, los sonidos y las imágenes se habían vuelto nítidos. "Llamad al barbero para que afeite a éste como es debido, que se le vea la cara." Dijo la misma mujer poco antes de que me volviera a quedar dormido. Así dijo.

Caminaba hacia casa, silbando entre los postes eléctricos que iluminaban la calle con una alegría indescriptible, susurrando una canción que resultaba un bálsamo para mí.

Los pensamientos oscuros habían desaparecido de mi mente y su lugar lo ocupaba una dulce alegría de vivir. Tenía frente a mí una nueva vida digna de ser vivida. En el suelo, la colilla de un cigarrillo medio fumado, aplastado con la punta de un zapato. Paré. Me volví dos pasos encorvándome hacia el suelo. Sí, en el suelo había una bonita, pequeña, coqueta colilla cuyo humo hacía días que mis pulmones no inspiraban. Volví la cabeza y miré a mi alrededor, al ver que nadie miraba cogí la colilla y me alejé de allí.

Esperaba emboscado que al hombre que estaba algo más alante se le terminara el cigarrillo y tirara la colilla al suelo. Lo seguía para besar mi colilla sin que se hubiera apagado, para sacar de ella fuego, humo, para resarcirme con ella. Al dar el hombre la última calada y tirarla, para que no le diera una gota de lluvia y se apagara, me lancé sobre ella tan veloz como un chacal sobre su presa y encendí mi cigarrillo. Lo encendí y di mi primera calada. El humo comenzó a formar un círculo dentro de mi cráneo y de allí pasó a cantar en mis pulones.

Di una calada más: era la última. Hubo un gran terremoto. Luego me apoyé sobre un muro y esperé allí a que la cabeza dejara de darme vueltas.

Mientras subía las escaleras sonreí al pensar que no llevaba en el bolsillo más que la llave. Aunque al poco rato, al llegar a la puerta, iba a comprender que tampoco la necesitaría. Aquella noche, al no abrir yo, los policías habían roto la puerta. Tras examinarla durante un momento, me vi obligado a admitir que la madera estaba rota y los quicios dados de sí y que no podría volver a colocarla. Como tampoco tenía dinero para llamar a un carpintero, entré. La puerta de abajo sería suficiente o no lo sería. Por ahora no quedaba otro remedio.

Al entrar comprendí del todo el otro suceso. En casa no había nada más aparte de un montón de ropa y libros y unos cuantos trozos de tela. Sin preocuparme demasiado por ello me agaché junto a la ropa. De entre ella saqué un pantalón limpio y una camisa, los cuales colgué para luego volver junto a los libros a la otra habitación.

Me senté a horcajadas en el suelo y cuando me había puesto ordenar oí llamar a la puerta.

Me levanté para mirar. La que estaba en la puerta era esa mujer sorda del piso de abajo. Emocionada, me contaba algo con manos, labios y ojos, santiguándose de vez en cuando. Por lo que entendí, intentaba disculparse. Yo por mi parte, trataba, moviendo manos y labios, de decirle que no tenía culpa de nada, que por el contrario, yo le debía un agradecimiento por haberme hecho despertar. Le debía un agradecimiento a la persona que había tratado de violar aquella noche. Pero en ese momento yo tenía hambre y tenía frente a mí a una mujer que trataba de pedirme disculpas y que sabría cocinar. Le dije que tenía hambre pasándome la mano por la barriga. Los ojos de la mujer se abrieron de sorpresa y con la mano me hizo señas de que esperara y se fue.

Al poco de haber vuelto junto a los libros venía ya por el pasillo con una bandeja en las manos. Incluso desde fuera se podría haber oído el sonido que producían sus zapatillas contra el suelo desnudo. Le hice señas para que entrara en la habitación y me puse en pie. En la bandeja había fritura de berengena y de calabacín, pan, sal y yogurt. Y un vaso de agua. No era agua de grifo amarga, sino buena agua de botella. Cogí la bandeja, volví a sentarme en el suelo y comencé a llenarme el estómago. Al poco rato la mujer, escribió algo en un papel que había debido de encontrar entre los libros y me lo alcanzó. Ponía "Talin". Me lo pasó agitando un par de veces el dedo índice en mi dirección. Escribí mi nombre y se lo enseñé. Después de estrecharme la mano alegre y sinceramente, la mujer se fue a su casa. Tan fuerte me la estrechó que cuando se hubo ido tuve que separarme los dedos uno a uno con la otra mano.

Con la mente clara y el estómago lleno me relajé. Me quité lo que llevaba puesto y me tiré en la cama. Cerré los ojos sin pensar en nada y dormí esa noche plácidamente, sin interrupciones.

Al despertarme al día siguiente hacia el mediodía me encontré con algunos cambios que me sorprendieron. En primer lugar, la puerta había sido reparada y puesta en su sitio. El váter y el cuarto de baño habían sido limpiados y estaban como los chorros del oro. La casa había sido ventilada y los montones de ropa y libros ordenados. Un olor refrescante se extendía por cada rincón de la casa. Y sobre la encimera de la cocina había una bandeja con el desayuno, susurrándome que abriera corazón y mente a nuevas emociones.

Eso hubiera hecho si no me hubieran atacado primero por la izquierda y luego por la derecha esos terribles dolores, pegándome al suelo sin haber hallado siquiera oportunidad de lavarme la cara. No podía moverme del sitio, al intentarlo se me clavaban en la espalda como un afilado cuchillo una y otra vez.

La puerta estaba entreabierta. Mientras intentaba enderezarme podía oír el sonido de pasos que venía de las escaleras. "¡AH!" grité sin reprimirme "¡AHH!" Primero se me nubló la vista, enseguida el cuerpo se me quedó todo tieso. Luego me dió el peor retortijón y me desmayé del dolor.

Esta vez entreabrí los ojos al sentir una brisa paradisíaca. Me encontraba como si diversos olores florales me arroparan en primavera, como si me hallara sentado lavándome en un arroyo que brotara de entre las montañas. Una sonrisa se asentó en mi cara, me dejé llevar. "¡Gracias a Dios!" murmuré "¡Muchas!".

Talin estaba sentada al borde de la cama en la que me había acostado, llenaba la mano, hecha un cuenco, con agua de una botella de plástico y con ella rociaba mi cara, mi cuello y mi pecho. También me refrescó las manos y los dedos de los pies para poder moverlos. Luego me puse a tragar la sopa que me daba con una cuchara. Entretanto dejaba el plato al borde la cama, me tomaba la temperatura con la mano y sonreía.

La vi pasearse por dentro de la casa, limpiar los cristales con el trapo que llevaba en la mano y traer sábanas limpias. De tanto en cuanto se sentaba al borde de la cama y me daba friegas en los pies y las piernas con sus fuertes manos.

No me atrevía a enderezarme en la cama por miedo a que me entrara el dolor. Antes de irse, Talin cortó la botella de plástico por la mitad y la dejó al lado de la cama. Entendí que lo hacía para me aliviara cuando sintiera necesidad de ir al baño. Por miedo a que regresara el dolor y volviera a desmayarme sin darme cuenta o a que pasara algo malo, aquella noche no me moví en absoluto de donde estaba, estuve mirando al techo y escuchando el ambiente hasta el amanecer.

Oía abrir y cerrarse las puertas de los pisos, escuchaba los distintos sonidos que entraban por la ventana. En las horas que siguieron, oí el ruido del camión de la basura, la conversación de los basureros, luego un vehículo que se paraba, a alguien que salía de él y cerraba la puerta y cómo volvía a ponerse en marcha.

Antes de amanecer escuché los gritos de dos borrachos y el sonido de las patadas que daban a los cubos de la basura, mezclados con la llamada a la oración del muecín y el oficio posterior. Vi cómo el aire se iluminaba y el sol entraba en mi habitación. Oí los despertadores puestos a sonar uno tras otro, las voces de quienes se preparaban para ir a la escuela y al trabajo. De entre el sonido del agua, de la cadena, del teléfono, oí a Talin abrir la puerta con una llave y entrar con alguien. Junto a la cabecera de mi cama vi a un hombre de bata blanca que sacó de su maletín una jeringuilla, la llenó de medicina y apartándome la ropa, me la clavó en la carne. "Que se mejore, volveré a pasar por la tarde.", le oí decir.

Fueron días en los que no me moví en absoluto de la cama, en los que me tocaba inyección mañana y tarde y en los que hacía descender hasta mi infeliz estómago las pastillas que Talin me daba con agua tres veces al día. Sólo hacía unos días que había oído cómo hablaban de ella mientras andaba por la calle; estaba mejorando, poco a poco, gracias a los cuidados de una persona que hacía una semana que había visto por primera vez. Sí, ¿pero dónde estaba la vida que había llevado hasta hace una semana? Enseguida ahuyenté de mi mente aquél peligroso pensamiento.

Lo que acudía en tropel a mi mente ya no eran pensamientos confusos sino una brisa de chispas. Poemas y cuentos comenzaron a paseárseme por la mente, impacientes por madurar y ser vertidos sobre papel. Le pedí a Talin, con la que comenzábamos a entendernos mejor mediante señas, una libreta y un bolígrafo. Esperaba el momento en que, desde el lugar en que me encontraba, pusiera por primera vez el bolígrafo sobre el papel. Sabía que después se derramarían como agua, como una inundación. El primer verso o la primera frase en aparecer sobre el papel sería suficiente: "¡Dios mío!", "¡Fuerza

Suprema!" tal vez unas palabras hechizadas como aquéllas fueran a cambiarlo todo.

"Esto no puede ser." decía mientras me ponía la última inyección. "Tiene que verle un médico". Tras decirme esto a mi, trató de explicárselo a Talin haciendo señas con manos y brazos. ¿Pero quién era aquella Talin?

Vi que ella, tras afirmar con la cabeza, le alargó un dinero que había sacado del bolso. "¡Qué raro!" dije para mis adentros: mientras las personas que han pasado media vida conmigo ni me llaman para preguntar por mí, esta mujer que conozco desde hace una semana me cuida de corazón y sin esperar nada a cambio, como si fuera su marido, su padre, su hijo. Tiraba por el váter la botella con mi orina sin torcer el gesto en absoluto, me daba de comer, me hacía tomarme las medicinas. ¿Qué era aquella mujer? ¿Una santa con aspecto de discapacitada, una salvadora? ¿Un ángel dentro de un cuerpo humano? ¿O una hermosa fantasía, provocada por esta enfermedad cuya razón desconocía? Si así era, ¿porqué tan gorda?

Bueno, después de irse el farmacéutico ella me vistió, cargó conmigo y con ayuda del taxista que había llamado, consiguió llevarme al hospital. Tras los diferentes exámenes, análisis y radiografías, salimos cuando ya casi anochecía. Los nuevos amigos que me presentaron fueron un comienzo de pulmonía, contracción muscular, un quiste en el pómulo y una inflamación de la vejiga.

Talin seguía haciéndome la comida y dándome las medicinas. Podía sentir las chispas de amor en sus ojos. También yo tenía buenos sentimientos hacia ella. Sentimientos de cariño y confianza que no alojaban ni asomo de lo que puede sentirse por alguien del sexo opuesto, sentimientos que recordaban al amor filial.

En los días en que comenzaba a ponerme en pie y a caminar tuve otra visita, a parte de las cartas del banco que seguían llegándome. Fue una

pareja de parientes lejanos a quienes hace meses
que no veía y que no se habían enterado de
nada. Pasaban para ver al nuevo bebé sobre
cuyo nacimiento habían oido algo. La sorpresa
que les envolvió cuando en lugar de mi mujer les
abrió la puerta Talin, la expresión que se les
puso en la cara al ver el estado en que se encontraba mi casa y las miradas que echaron a
las cajas de medicinas de la cabecera de mi
cama valían la pena de ser vistas. Al poco rato,
se sentaron al pie de la misma y escucharon sor-
prendidos lo que les contaba. Al terminar: "Ay
hijo," dijo él, "¿Porqué no vas y trabajas como
todo el mundo?" Tras pensar un rato le respondí: "No todo el mundo trabaja como dices tú".
"Bueno," siguió diciendo "¿Porqué no trabajas
como lo hago yo? Lentamente, volviendo la cabeza hacia la ventana "Para vivir como una persona", musité. "¿Qué quieres decir?, gruñó "¿No
vivimos nosotros como personas? Volví la cabeza y miré su ropa remendada, sus manos cuar-
teadas de tanto tirar de cuerdas y su pelo, enca-
necido antes de tiempo: "No" dije. Se fueron. Al

bajar las escaleras dijo: "Ya ves cómo vive el vago éste."

El día que me encontré del todo bien salimos a dar una vuelta con Talin. De la avenida, torcimos hacia los callejones y pasamos, sin hablar en absoluto, bajo la sombra de las cúpulas, entre las casas de madera de pocos pisos y los ruinosos cuartos de una sola ventana, las tabernas y los restaurantes de pescado, hasta llegar a la playa. Allí, en el paseo, que se extendía hasta donde alcanzaba la vista, nohabía nadie más a parte de una mujer mayor que había salido a pasear al perro, un vendedor de dulces de piernas torcidas que esperaba harto a sus clientes tras el mostrador, unos estudiantes que debían haber hecho novillos del colegio y dos borrachuzos que bebían vino sentados en un banco. A estos últimos creí haberlos visto antes. Se habían puesto un gorro de oficial encontrado no se sabe dónde y ocupaban la estrecha salida de un solo carril que daba a las afueras de la muralla. Luego, haciendo sonar el silbato que llevaban en la boca, hacía señales a los coches sobre si pasar o pararse. Algunos de los que pasaban hacían sonar el claxon o les saludaban con la mano. Algunos entreabrían la ventana y les alcanzaban una propina en forma de monedas o de algún billete. El borracho que se había ganado unas perras para vino le pasaba el gorro y el silbato al otro y se bajaba a la playa o se ponía a dormitar bajo un arbol. Así transcurría la vida de estos señores del vino. Sin el yugo de las cargas familiares. Sin preocuparse de lo que llevaban puesto o de dónde dormirían. Por lo que no tenían que agradecer nada a nadie.

Mientras yo trataba de almacenar en un rincón de mi mente los desatinos que se me ocurrían para ponerlos sobre el papel a la vuelta, Talin me molestaba rozándome ligeramente con su mano y su brazo. Iba a hacer que se me escaparan aquellos descubrimientos míos, aquellas frases y vocablos hechizados. ¿Pero quién era aquella mujer?

Si yo me hacía a un lado un paso, ella se me acercaba uno y medio. Encontré la salvación en sentarme un poco más alante, en el banco de los vagabundos. No faltaba más, allí también vino a sentarse a mi lado. Nada más sentarse -¿era una bruja o qué?

- apareció entre nuestras cabezas una rosa roja. Me llevé la mano a la frente, luego me toqué la barriga. No tenía fiebre ni dolores.

Enseguida se oyó una voz "¿No le vas a regalar una rosa a esta reina?' Al volver la cabeza y mirar, vimos a una bonita gitana, que dando un rodeo cual silencioso cisne se había parado frente a nosotros, parloteándonos para vendernos una flor de las que llevaba en la mano. Al gritar yo y agitar la mano para que se fuera, Talin se puso aún más roja que la rosa. Tras espantarla, nos levantamos y tomamos el camino de vuelta. Qué felicidad···

Las luces de los barcos, los puentes, los minaretes y de los lugares de esparcimiento de la orilla opuesta, todas se preparaban para hacer de la noche una fiesta. En cambio, la fiesta de casa había terminado sin darnos tiempo a llegar. Habían cambiado la cerradura y enganchado en la puerta el aviso oficial de deshaucio y posterior venta de la vivienda. La ropa, los libros y algunas cosas inservibles que había dentro habían sido dejadas sin cuidado frente a la puerta. Talin había tomado mi mano entre las dos suyas y me hacía señales para que no me entristeciera. ¡Así era! ¿Qué había de triste en aquello? Acaso soy yo el único hombre que en el lapso de un mes había perdido a su padre, se había arruinado, le habían vaciado lo casa, se la habían quitado, había sido tratado como un pervertido, casi se muere de hambre y a quien su familia había abandonado?

¿Soy una muestra de laboratorio, asustado por el ayer y el mañana, petrificado hoy frente a la puerta con tan solo la camisa y el pantalón que llevo puestos y sin un céntimo en el bolsillo? ¿Y tú una criatura preciosa, de una bondad inigualable? ¿Pero quién eres tú?

Me tomó la mano estirándome escaleras abajo y
entré en su piso sin dudarlo. Mientras me sentaba en el primer sofá que vi en esta casa, en la
que entraba por primera vez y me quedaba pen-
sativo en él, ella ya había hecho unos cuantos
viajes, bajado y colocado a un lado de la habitación las cosas que estaban frente a la puerta.

Era un piso pequeño, de dos habitaciones como
el mío. Estaba amueblado de modo sencillo, con
muebles claramente nuevos. Era una casa limpia, ordenada y luminosa. No me sentí un extraño. Talin trataba sin pausa de explicarme por
medio de señas que no debía estar triste, haciendo que mis pupilas al observarla se sintieran fa-
tal. "¿Qué quieres, un milagro? dije para mis
adentros "¡Entonces piensa que pudieras hablar!"

Aturdida y sin saber qué hacer, fue de una habitación a otra hasta que se le ocurrió entrar en la
cocina y ponerse a guisar. Yo me levanté de
donde estaba y comencé a echar una ojeada a
mi alrededor. En la habitación rodeada por va-

rias butacas y dos sofás, había colgada en la pared una fotografía de la familia. Dos niñas bien
vestidas posaban frente a su padre y su madre.
En la estantería de la habitación en que me encontraba había más que nada novelas románticas y revistas mensuales. Al salir al pasillo, la vi
trabajando junto a la encimera de la cocina y
me escabullí a otra habitación. Era un pequeño
dormitorio compuesto de una amplia cama cu-
bierta con una bonita colcha y respaldo con espejo en el centro, un armario ropero oscuro, una
silla y dos mesitas de noche. En la pared, sobre
la cabecera de la cama, estaba la fotografía de
cuerpo entero de dos chicas jóvenes abrazadas.
La más bajita debía ser Talin, la otra por su
parte era de piel más clara, una chica bastante
guapa.

Me asustó un calor que sentí en la espalda. Talin sonreía a mi lado y señalando a la otra chica
de la foto me hacía un montón de señales. "Cercana" "¿Cómo cercana?", "¿Amiga?" Muy cercana "¿Hermana?" ¡Sí! "¿Cómo una hermana?"
Una guerra nuclear entre hermanos··· "¿Cómo

una hermana?" "¿De otra madre?" "Madre,
¿madre?" "!Sí!", "La misma" vaya vaya··· "¿Tu
hermana murió o vive?", "Vive". Claro, claro···
Dios la proteja "¿Dónde está?" Anillo. ¿Alianza? "¿Casada?" Sí··· Es muy guapa, mucho "¿Niños?", "Niño, niño" Tiene "Dos" "varones" Qué
lastima.. es decir, qué bien. "Hermana guapa,
muy guapa".

Se le daba bien la cocina. La comida que había
prepaparado en quince o veinte minutos estaba
sabrosa. También teníamos vino. Comíamos
viendo la televisión, sentados junto a una mesa
redonda con ruedas que colocó en medio de la
habitación. De vez en cuando la mirada se me
iba sobre ella y la veía sonreir mirando el interior de mis ojos. Sentarse y levantarse era todo
uno, se movía constantemente para satisfacer-
me. Me cambiaba el plato, me llenaba la copa,
reía. Parecía feliz y el vino no estaba nada mal.
¿No fumaba Talin? "Tabaco, tabaco" "El humo,
pof pof". No fumaba pero si quería enseguida
me traería. Bajo la falda, se le veín pelos cortos
en las piernas. Cogí la botella y la copa y me le-

vanté de la mesa. Me senté en el sofá y seguí bebiendo. Tenía el ojo puesto en la fotografía de la
pared: ¡Qué hermana!

Terminó la botella, abrimos otra, me relajé del
todo. En la televisión, una estúpida serie román-
tica, a mi lado, una mesita con un paquete de cigarrillos encima y en la butaca de enfrente, Talin. Por debajo de la camiseta que llevaba se le
veían los enormes pechos y una capa de grasa.
Tenía el estómago lleno, la casa estaba caliente
y el vino bueno. Escancia Talin; al hacerlo, em-
belleces. Embellecen tus ojos y tus dientes y no
se te ven los pelos de las piernas. Llénamela, cariño, yo soy un hombre y hace meses que no veo
a una mujer. ¡Qué bonito pelo tienes! Llena cariño, ¡qué bien te sientan esos quilos! ¿No hay
otra botella, Talin? Qué bien hueles, ¿te has ba-
ñado? Ven aquí cariño, la noche acaba de empezar. ¿Qué lugar es este y quién eres tú? ¿Porqué
se ha apagado la luz, de quién es esta habitación? ¿Estas piernas, estos gemelos, estas tetas,
de quién son? Yo también te quiero ¿Cómo te
llamabas? ¡Ah! Despacio, corazón. ¿Qué te pasa,

no queda vino? ¿Qué es este sonido, porqué llo-
ras? ¡Ah, despacio! ¿Qué es esta sangre? ¡Oohh!
¡Yo también a ti mi amor!

Los días que siguieron, Talin se ocupaba de las
rutinarias tareas de la casa y yo holgazaneaba.
Me reencontré con el alcohol, herencia paterna
que había comenzado a olvidar, tratando de re-
cuperar el tiempo perdido. Tampoco Talin se
quedaba corta. Comenzábamos durante la cena
y bebíamos hasta la medianoche. Tras hacer el
amor desenfrenadamente, dormíamos la mona.
Las noticias del periódico hablaban de una gran
crisis económica. Las fábricas y las empresas ce-
rraban una tras otra y las que resistían se veían
obligadas a despedir trabajadores para seguir en
pie. Los precios subían constantemente y la vida
se hacía cada vez más difícil. Sin ganas, hice algunas tentativas de búsqueda de empleo que
terminaron en fracaso. En casa no vivíamos una
vida de lujo, pero tampoco echábamos nada en
falta. Talin no trabajaba, y en los días que hacía
que me había mudado, tampoco había venido
nadie. En varias ocasiones quise preguntar de

dónde salía el agua para mover aquel molino, pero desistí enseguida.

Se acercaba la primavera. La calle que miraba desde la ventana iba suavizando su rostro y los árboles comenzaban a mover las ramas. No hacía más que leer, ver la televisión, escribir de vez en cuando y beber. Si alguien me buscara tampoco sería capaz de encontrarme, por lo que no había razón por la que salir de este nuevo orden en el que me había establecido. De hecho, tampoco quería. ¡Especialmente aquel día! Aquel día Talin se había ido al supermercado, cuando llamaron a la puerta y fui a abrir. Tras haberla visto nadie podría sacarme jamás de allí. Petrificada, me miraba a la cara con sorpresa, luegom la puerta y de nuevo mi cara. "Yo··· venía a casa de Talin pero···" ¡Ay Dios! Está en el lugar exacto. Es decir ¡aquí es! Este es el piso de Talin, sí, es aquí. "Talin ha ido un momento al súper" Pase, por favor. ¿No se sienta? Unas piernas espectaculares, una melena que acababa de salir de la ducha··· "¿Quién es usted? Quién soy yo ¿Quién soy? Yo soy un pobretón.

Una basura humana que se ha refugiado en
casa de esta mujer de buen corazón, un parásito
que se aprovecha de ella··· ¡Soy un vagabundo,
un borrachuzo, un mal bicho! Noy soy nada
pero "Soy un amigo de Talin". ¿Porqué miraba
tan sorprendida? ¿Es que Talin no podía tener
un amigo?¿O es que yo tenía tan mal aspecto? Y
eso que me había repuesto bastante. ¡Cariño,
tendrías que haberme visto hace dos semanas!
Esto no es nada comparado. "Yo soy la hermana de Talin." Una hermana, ¿qué hermana?¿Se
puede tener una hermana así? ¿Qué belleza era
esa?¿Y ese perfume? Lleva un chal muy bonito.
¿Y los zapatos, son de Paris? "Disculpe," "¿Quiere que le coja el chal? Déme también el bolso.
Haga usted el favor. Por supuesto. Puede usted
sentarse como quiera. ¿Vino? Yo no le haré
nada, no soy dañino. Noo, por favor, no me ma-
linterprete. No hay nada entre Talin y yo. Sola-
mente somos amigos. ¿Y usted? ¿A qué se dedi-
ca?

-Vivíamos tres calles más abajo, en un piso pequeño como este. Al separarse, mi padre le com-

pró este piso a mi madre. No pasó ni un año y la
perdimos. Alquilamos este piso a un estudiante.
A los dos años de casarme, fallecío también mi
padre. Como Talin no quiso quedarse allí, pasamos al inquilino a aquel piso. Somos solo dos
hermanas, no tenemos a nadie más. Como puede ver, Talin se vino a vivir aquí. Mi marido tiene una buena posición y a mi no me falta de
nada. Mi hermana vive del alquiler del otro
piso. Esto es lo que hay. Ahora le toca a usted,
venga, cuénteme.

Podría haber estado escuchándola para siempre.
Mis ojo no se apartaban de ella. Iba muy bien
vestida. Tenía una voz muy bonita, el pelo, los
ojos, los dientes; todo. Era extraordinaria. Indescriptible. Y estaba encantada de que nos hubie-
ramos conocido gracias a Talin. "Usted," dijo
"¿me va a explicar algo?"

Tras recomponerme le expliqué mi historia resu-
midamente. Escuchó con atención, lo sintió,
apretó sus hermosos labios. Después: "Talin no
había tenido un novio nunca antes. Ni la había

visto nunca tan feliz", dijo. Tartamudeé: "Nosotros···solo somos amigos." Sonrió: "Su mirada no dice eso.

Mira como lo hace una mujer feliz." En ese momento colocó las manos sobre las rodillas, encorvándose ligeramente hacia delante. El olor de su pelo húmedo, sus miradas, podían volverme loco. ¡En ese momento era un toro bravo y podía enloquecer! No era capaz de impedir las indescriptibles sacudidas que recorrían mi cuerpo y mi espíritu y dominarme. ¡Qué piernas! ¡Qué pechos! ¿Qué aroma era aquél? ¡Soy un pecador y quiero pecar! Ni bromas ni tonterías. De verdad. "Nos llevamos bien.", respondí. Al poco rato se levantó y se vistió. En el último momento se me ocurrio y la llamé: "Una cosa···" "¿Cómo se llama? Volviéndose y mirándome al interior de las pupilas dijo: "Natali".

Salía de casa hacia el mediodía y me paseaba por las direcciones que aparecían en los anuncios del periódico. Al acercarme a la avenida o calle de la dirección, al ver a la muchedumbre esperando, enseguida comprendía que se trataba del lugar señalado. Oía a gente decir que esperaba desde las siete de la mañana. Me encontraba con tipos que se pedían cigarros y a otros que acechaban colillas.

El piso se había vendido. Sobre nosotros se mudó de arrendatario un matrimonio de recién casados. Trabajaban los dos, a pesar de lo cual, cuando coincidíamos en las escaleras, decían llegar con dificultades a fin de mes . Se quejaban los que esperaban haciendo cola para un trabajo, los que charlaban en el autobús, los que pasaban por la calle. También disminuyó la cantidad de carne de nuestros platos, cambió la marca del vino. Aún así éramos más afortunados que la mayoría. Un día volvió a aparecer Natali. En realidad la crisis no era algo malo; el sabor del vino es siempre el mismo y la carne mala para la salud. Esta vez Natali se había enfundado una camisita con una falda corta y yo podría haber vivido cientos de crisis: podría no salir jamás de aquella casa, no fumar ni beber vino, volver a pasar hambre otra vez.

Tercera parte

Natali hablaba de libros, no de novelas románticas baratas. Hablaba de escritores. De Celine, de Fante. No hablaba de escritores estreñidos. Reía. Reía Natali y la casa reía. Reían las cortinas, las paredes, las lámparas. Hablaba de poetas: Mayakovsky, Tarkovsky, decía. Hablaba Natali y a mi me daba algo. Era muy rica y conducía su propio coche, hacía ella misma la compra de su casa. Natali era muy rica y yo no tenía un céntimo. Muy hermosa, muy culta, muy rica y estaba sentada frente a mi. Veía su pelo, sus ojos, sus hombros. Oía su voz, sentía su olor, me derretía en su calor. Estaba sentado frente a ella y cuanto menos era yo, más veía de ella. Hablaba Natali de Picasso y veía yo su camisa. Decía Dalí y veía su falda. Mencionaba a Frida y veía el tirante de su sujetador. "¿Está usted bien?" decía Natali y yo deseaba morirme. "¿De veras no le pasa nada? -preguntaba apoyando la palma de su mano en mi frente; yo quería besarla y Talin me miraba muy mal. "Por favor, cuénteme", decía Natali y yo le explicaba. Yo explicaba, ella reía y Talin salía de la habitación. Natali escuchaba y se hacía de noche. Al anochecer tenía que irse o se armaría una buena. Se armaría una buena porque su marido la quería mucho. Tenía muchos celos porque la quería mucho. Natalí no solía salir mucho porque no le gustaba. No le gustaban los edificios, las voces, las miradas. En casa Natali escuchaba a Chopin y a Vivaldi. En casa pintaba y leía. Natali hacía la limpieza; cuidaba a los niños, cocinaba. "¿Cariño, quieres que compre pan por el camino? Se fue Natali.

Me puse a escribir sin perder ni un segundo. Talin se estaba cambiando, no la miré; las frases comenzaron a deslizarse. Talin se había puesto el camisón, no miré; las líneas se derramaban como el agua. Al ponerse Talin perfume me acercaba yo al final del primer capítulo. Talin coqueteaba, pero no levanté la cabeza. Talin se había sentado a mi lado y yo planeaba terminar en cinco capítulos. Talin se me tiró al cuello, casi se para el boli. Talin trajo cerezas: "Cerezas: ¡Inspiradme!", comí una cereza. Talin trajo ciruelas: "Ciruelas: ¡Dadme suerte!", comí una ciruela. Talin volvió a ponerse a mi lado. "Déjame en paz, Talin!" Se enfadó, se fue a su cuarto. "¡Maldita seas, Talin!"

Entré en la habitación, estaba echada bocarriba. Me bajé el pantalón, seguía echada. Me bajé el calzoncillo, lloraba. Me estiré sobre ella, sollozaba. Le levanté la falda, el sollozo cesó. Le bajé las bragas, cesaron las lágrimas. La penetré, Talin se calló. Ser bueno es muy malo.

Tomé como costumbre mandar un beso a la Natali de la foto de la pared por las mañanas al abrir los ojos y por las noches antes de dormir. Dejé de buscar trabajo por miedo a no poder verla si venía, no daba un paso fuera de la casa. Al salir Talin a comprar o por cualquier otro motivo, yo me iba al dormitorio y sacaba del último cajón de la cómoda el álbum de fotos para

observar con admiración las fotos de Natali:
Natali recibe un diploma, Natali nada, a Natali
le entregan una medalla, Natali toca el piano,
Natali en una tribuna. Natali, Natali···

Talin aparecía en las fotos alegre y muy cercana
a Natali. En ninguna de ellas se observaba arti-
ficio, envidia o enfado. Se alegraba de los éxitos,
la belleza y la felicidad de su hermana. ¿En ninguna estaba el marido de Natali? De los niños
había muchas, y del palacete donde vivía. Natali
siempre sonriendo y sin su marido, ¡excepto en
una en la que aparecía de mal humor y a la que
le faltaba la mitad! Natali sentada en una butaca tallada, con las manos cruzadas y cayéndole
otra por el hombro, pero el dueño de la mano
no está. Pero sí está la dueña de esos ojos enco-
lerizados que me miran: Talin. ¿Quién es esta
Talin?

Me quita el album de las manos, saca la foto de
la pared y se estira encima de ella en la cama.
Talin llora y estas lágrimas no las puede parar
ningún tipo de bondad. La calmo, es tan buena.

Con mis manos le sirvo vino, le doy a comer cerezas, (normales, sin inspiración). Le acaricio el pelo, le beso la lengua, incluso la abrazo. Mi mente está con Natali. Hace cuatro días que no la veo. ¿Vendrá tal vez mañana? ¿Qué habrá hecho Talin con las fotos?

Talin ya no compraba el periódico por las mañanas ni salía apenas. La mayor crisis del siglo, decían las noticias de la televisión. Los camiones de carga y los minibuses se llevaban a los trabajadores al amanecer y los devolvían a sus casas a medianoche. La gente trabajaba aún más para sobreponerse a la crisis pero el precio de los productos aumentaba cada día. Te echo mucho de menos Natali, no puedo dormir.

Vino una tarde. Sin ni tan siquiera entrar, dijo:

- Vamos a ver. Preparáos, nos vamos.
- ¿Adónde vamos, Natali?
- Os invito a cenar. Vamos a quitarnos de encima esta apatía.
- Pero···

- Ni pero ni nada, no quiero objeciones.

¿No sería un problema? No, se había inventado
una excusa para poder salir. Pero no podía llegar muy tarde. Debíamos darnos prisa y nos la
dimos. Nos vestimos y bajamos.

Llovía. La gente, con sus paraguas en las manos,
se dispersaba a paso ligero hacia sus casas en el
interior de la callejuelas. A ambos lados de la
avenida los coches, por su parte, trataban de
avanzar separados por medio metro. Las tiendas estaban repletas, los clientes compraban
como locos. Alguien que no estuviera acostumbrado a la vida en la ciudad podría, al ver aquél
panorama, creer que había estallado una guerra.

Cafeterías, charcuterías, restaurantes, supermer-
cados y tavernas alineados de una punta a la
otra de aquella avenida de dos kilómetros de
largo. De vez en cuando se veía una tienda de
frutos secos o una floristería.

El restaurante de fachada amplia y con licencia para servir alcohol en el que entramos tenía, de acuerdo a la inscripción de la entrada, cincuenta y dos años. Estaba allí desde hace más de medio siglo y el aspecto del hombre que había sentado en la caja parecía confirmarlo. Verdaderamente era como si llevara cincuenta y dos años sentado sobre aquella silla. Como si comiera y bebiera, hiciera sus necesidades en una bolsita con tubo y dormitara allí por las noches.

Los camareros vestían uniformes limpios y elegantes, se paseaban entre las mesas vacías llevando las cosas que faltaba por colocar.

En ese momento no había nadie más que un hombre solitario que bebía cerveza espaldas a la avenida. Era mayor y delgado y llevaba un traje viejo. Pero en menos de una hora no quedó silla sobre la que no hubiera nadie sentado.

Al mirarle desde el sitio en el que me encontraba, me pareció que la mano del hombre cuyo

codo apoyaba en la mesa se le hubiera pegado a
la mejilla derecha. Sobre la mesa, entre un sombrero viejo y platos vacíos, un canario se movía
y piaba sin parar. De vez en cuando, al alargar
el hombre su mano izquierda de dedos finos y
delgados hacia delante, el pájaro se le subía in-
mediatamente y comenzaba a picotearle la
alianza de plata. Era un pájaro extraño. Su pico
estaba en constante movimiento y sus patitas
también. Inquieto como si le quedara poco tiempo de vida y tratara de que le Alcanzase para
hacer algo.

Justo detrás de nosotros entraban otros clientes.
Era una pareja que parecía de recién casados,
gente bien vestida. Al contrario de lo que suele
pasar, algunas parejas siguen pudiendo salir a
comer y beber solos aún después de casarse. En
general parejas en las que los dos trabajan y que
aún no tienen hijos.

Lo clientes sacudían sus paraguas antes de entrar, en la entrada un camarero les señalaba el
lugar donde sentarse y poco a poco la sala se

iba llenando con otros afortunados. El pajarito, delgado y descuidado como su dueño, molesto por las voces en aumento, tal vez asustado, pasaba de la mano al brazo del hombre, del brazo al hombro, buscando un lugar seguro en la sala.

Nosotros permanecíamos sentados sin hablar, comenzando a picar de los entrantes que nos servían. Yo miraba de tanto en cuanto el interior de los hermosos ojos de Natali para después seguir paseando mi mirada por el resto de mesas.

Colocaban sobre ellas entrantes y bebidas. Los camareros, sus ayudantes, los cocineros; todos estaban en pleno movimiento. Las mesas igual: uno que se quita el abrigo, otro que seca los cristales de sus gafas mojados por la lluvia, otros incluso hacía ya rato que mantenían una seria y ruidosa conversación. El único ser vivo inmóvil de la sala era el hombre sentado tras la caja. Con la espalda pesadamenta apoyada en la silla, las manos sobre sus dos piernas y los ojos fijos en una fotografía de la apertura del

local cincuenta y dos años antes, colgada en la
pared de enfrente. Parecía que si hubieran em-
pujado las paredes exteriores del local la una
hacia la otra con la ayuda de dos grúas, hubieran salido llamas y él hubiera entrado en la fotografía y la fotografía dentro de él, desapare-
ciendo así los dos.

En una mesa ocupada por dos hombres vestidos
con sendos trajes de chaqueta de esos que las
clases media y baja se hacen coser exclusiva-
mente para las bodas y las festividades y una
mujer vestida al modo funcionarial, ésta tenía la
atención puesta en el pajarito, el cual se daba
una vuelta por el hombro del hombre, que a su
vez tenía una de las manos apoyada en la mejilla y con la otra agarraba un vaso de cerveza. Se
lo mostró a sus amigos y rieron. Al poco rato le
llamó también la atención a Natali, que se levantó de la silla con elegancia y bajo las miradas furtivas de los hombres de la otra mesa fue
hacia el hombre y encorvándose ligeramente hacia su hombro le preguntó: "Qué mono, ¿Cómo
se llama?" El hombre no contestó ni levantó la

cabeza para mirar a la cara a Natali. "¿Lo puedo acariciar?" No hubo repuesta. Al alargar su mano hacia el pajarito, éste le picoteó a Natali la punta del dedo índice. Al volver Natali a la mesa nosotros nos reíamos.

Natali contaba cosas, yo la escuchaba. Yo las contaba, Natali me escuchaba. Varias veces pronunciamos las mismas palabras a un tiempo, entonces, al encontrarse nuestras miradas, nos quedábamos en silencio. Era obvio que Talin, aunque tratara de disimularlo, no estaba muy contenta con aquello.

La actividad proseguía en el restaurante: los ayudantes de camarero cargando bandejas, los camareros distribuyendo por las mesas lo que éstas llevaban. La voces de una mesa en la que todos cantaban se propagaban por la sala. En cierto momento el hombre, moviendo la mano derecha, que yo creía pegada a su mejilla, señaló al camarero el vaso de cerveza vacío. El camarero, en lugar de ir hacia él con un botellín lleno, se sacó del bolsillo de la camisa una libretita en la que escribió una nota, la puso sobre la mesa y esperó.

"No he pedido la cuenta.", gruñó el hombre: "Le he pedido que me llene el vaso".

"Ya ha bebido usted suficiente" decía el camarero: "Además, está usted ocupando una mesa para cuatro."

Natali y yo escuchamos con atención aquel diálogo. Talin comía de su plato de ensalada sin enterarse. "Este animal hace horas que ensucia los manteles. Además, huele usted muy mal y no queremos que moleste a nuestros clientes." El hombre no respondió de ningún modo a tan grave ofensa. Despacio, tanteó los bolsillos, primero de su pantalón y luego de su abrigo, pero no sacó nada. Luego: "No tengo dinero". Esa frase me resultó muy conocida. Tras encontrarse mi mirada y la de Natali durante un segundo, me levanté, fui hacia la mesa y le dije al camarero al oído "Añada la consumición del señor a nuestra cuenta." Después, susurré al oído del hombre, que ya alargaba la mano preparándose para marchar: "¿Quisiera usted acompañarnos? Tenemos una silla libre." Me miró a la cara con indiferencia: "Gracias, no quiero molestarles.", dijo. Insistí. Agarré por la axila al hombre, que tenía dificultades hasta para permanecer de pie y lo guié hacia nuestra mesa, para que se sentara en la silla vacía al lado de Natali. Al hacerlo, aún se resistía: "Muchas gracias de veras pero yo me voy, no quiero molestarles." Le dije que no había nada que pudiera molestarnos, que se sentara. Natali, con una voz dulce, me apoyó. Pero el hombre persistía "No es de recibo que yo me siente con ustedes, señor. Fíjese, todo el mundo nos mira." "Qué importa. Usted siéntese.", dije: "¿Tiene hambre?" El hombre, tras mirar a derecha e izquierda, murmuró despacio: "Hace días que estoy hambriento, pero no quiero ser una carga para ustedes." "Deje que me vaya."

Natali, cortesmente, hizo una señal con la mano para llamar al camarero y pidió comida y cerveza para nuestro invitado. Tras tomar el camarero el pedido e irse, el hombre se puso el sombrero sobre las piernas y echándose una mano sobre el hombro atrapó al pájaro. Natali le preguntó:

-¿Qué hace?

-Me lo voy a meter en el bolsillo.

-¿Porqué?

-Para que no se pasee por sus platos.

-Por favor, déjelo. Pobre pajarito, que se pasee.

Volvió a colocárselo en el hombro. Le pregunté:

-¿Vive usted por aquí?

-No tengo casa.

-¿Dónde vive entonces?

-Donde se tercie.

-¿Y cómo puede ser eso? Se va usted a enfermar. ¿No tiene usted familia?

-Sí. Tengo mujer e hijos.

-¿Dónde están?

-No demasiado lejos. Viven en una habitación.

-¿Y usted porqué no vive allí, le echaron?

-No. No me echaron pero tampoco me atrevo a ir.

-¿Es que ha hecho usted algo malo?

-Qué pude hacer peor. Yo trabajaba en los Ferrocarriles del Estado. Antes de venir a esta ciudad, a duras penas subsistíamos. Cambió la dirección y me quedé sin trabajo. Pensamos que en la gran ciudad también habría lugar para nosotros. Así que nos vinimos.

-Con el dinero que traíamos alquilamos un piso de una sola habitación y

apuntamos a los niños al colegio. Luego empecé a buscar trabajo.

-¿Y no encontró?

-Encontré, pero siempre cosas temporales. Tres días sí, un mes no. No se lo deseo a nadie, te destroza la vida.

"Claro que es difícil···", participó Natali.

-Sí que es difícil, señora. La gran ciudad se lo traga a uno, nadie conoce a nadie.

-¿Y a su casa porqué no va usted?

-Ya le dije, se me arruinó la vida. No pude pagar el alquiler ni las facturas. Los niños hambrientos. Tuvimos que sacarlos del colegio. Ahora limpian aquí y allá. También la parienta se enfadó conmigo. "Aquí te has acostumbrado a la bebida, no encuentras trabajo, los niños se han quedado sin estudios. Vamos a volvernos antes de que sea peor.", me dijo.

-Vivir en la gran ciudad es difícil. Ojalá se volviera.

-¿Cree usted que allí es fácil? Vinimos con todo lo que teníamos y ya lo hemos gastado. Atrás no quedó nada. Trabajo tampoco hay.

-¿Y qué va a hacer entonces?

- Hace un mes que no paso por casa, pido en la calle. Tampoco nadie me cree. La gente ya no son personas. Cada uno se preocupa de lo suyo.

-De verdad que lo siento mucho. Es usted un señor educado. Es una pena.

Hubo un momento de silencio en la mesa. Mientras el hombre comía con apetito lo que le ha-

bían traído, Natali y yo nos miramos. El pajari-
llo pasó de la mano de Natali a su brazo y de
allí a su hombro, donde empezó a estirarle del
cuello de la elegante camisa. Natali metió la
mano en el bolso y sin que el hombre se diera
cuenta me pasó por debajo de la mesa el dinero
que había sacado de la cartera. Lo cogí y se lo
metí en el bolsillo del abrigo, mientras él comía
sin ni tan siquiera respirar. "Tenga este dinero",
le susurré al oido. "Le durará un tiempo. Compre algo de comer y vaya a casa." El hombre,
sorprendido, metió la mano en el bolsillo del
abrigo y sacó el dinero." Tras sopesarlo un rato,
dijo angustiado: "Señor, esto es demasiado dinero.", dijo. Lo miré, la verdad es que era mucho
para dárselo a un borracho. "No sé qué decir.
Que Dios se lo pague.", dijo y se levantó rápidamente de la mesa. Cogió el sombrero y el pájaro
y salundando varias veces con la cabeza, salió
del restaurante y se mezcló con la muchedumbre.

Natali y yo estuvimos mirándonos un rato. Luego nos sonreímos y empezamos a charlar de

nuevo. Esta vez le hablé de lo que escribía. Se sorprendió mucho y dijo que vendría al día siguiente para poder leerlo, que tenía muchas ganas. No dormí hasta el amanecer.

Cuarta parte

"¿Sabes?," dijo tras leer los papeles que tenía en la mano: "En ti encuentro pedazos de todos los artistas que admiro". Sentado a su lado, mis rodillas se rozaban con las suyas y me sentía como a punto de morir de la emoción. "Tú eres como una amalgama de sus facultades". Con el valor brindado por tan hermosas palabras, le dije que había estado pensando en ella toda la noche. Calló un momento. Después: "A mí me pasó lo mismo", dijo, "Fue una bonita velada". En ese momento podría haber muerto de felicidad.

Hablábamos incesantemente, sin apartar la mirada el uno del otro. Los días en que nos encontrábamos se consumían deprisa y yo me ponía a esperar su próxima llegada. No pasaba mucho tiempo. A veces venía cada día, a veces cada dos sin faltar. Un día, al poco rato de haber salido Talin a hacer la compra, sonó el timbre de la puerta. Natali estaba de pie frente a mí en todo su esplendor y las niñas de sus ojos sonreían de amor.

Estaba preparada.

La metí hacia dentro estirándola de la mano y cerré la puerta. Le arrebaté el bolso y lo tiré sobre el zapatero. Hice que apoyara la espalda en la puerta y le levanté los brazos y con las palmas de mis manos la pegué a la puerta. Estábamos frente a frente; la vi sorprendida pero deseosa, podía oir los latidos de su corazón. Podía sentir su olor, su fuego, su piel. Podía sentir el paraíso, el infierno y el puente entre ambos. Me incliné hacia sus labios temblorosos. Tras un segundo, un solo segundo de duda, se dejó llevar por la pasión. Se dejó llevar por mi pasión, mi fuego, mis brazos. Se dejó llevar por mi líbido, por mi ansiedad, por mi juventud. Le arremangué la falda y luego mis manos se le metieron por dentro de la camisa. Yo me agitaba, Natali se agitaba, la puerta se agitaba. El piso, el bloque, la calle se agitaban. Se agitaban la avenida, el barrio, la ciudad. Cualquier infiel que hubiera oído el ruido que hizo al desplomarse, que hubiera visto la forma que tomaba su cara, se hubiera convertido en aquel mismo instante, arrodillándose entre sus piernas abiertas.

Tras quedar inmóvil unos segundos, apretó su cabeza contra mi hombro y trató de respirar con normalidad. Trató de pensar, de vestirse con normalidad. Luego, tomando su bolso y sin decir una sóla palabra, abrió la puerta y se fue.

Me tiré en la cama y encendí un cigarrillo. Luego me levanté y salí. Llevaba en el bolsillo algo de dinero de Talin. Pasé por Samatya y llegué a Langa. Allí me senté en una pequeña taberna y pedí cerveza. En la mesa de enfrente había sentados dos hombres. El que tenía la espalda vuelta hacia mí le explicaba algo al otro mientras comía frutos secos. Alrededor del plato de frutos secos de la mesa paseaba piando un pajarito. "Yo trabajaba en el Catastro. Antes de venir a esta ciudad a duras penas subsistíamos. Cambió la dirección y me quedé sin trabajo."

Le hice una señal al camarero para que dejara lo de la cerveza. Cuando me levanté para salir el hombre seguía hablando: "La gran ciudad se lo traga a uno, nadie conoce a nadie. Cada uno se preocupa por lo suyo."

Talin lo había comprendido todo y estaba triste. Estaba triste y no me hablaba ni dormía conmigo. Porque no podía esconderle mis nervios, mi felicidad, mi impaciencia. Iba de un lado a otro de la casa pensando y esperando. Talin, triste, me seguía con la mirada; Natali no aparecía. Estaba sediento de sus labios, de sus pezones, de su entrepierna. La extrañaba, la deseaba tremendamente. Quería verla y aquella situación se estaba tornando insostenible a cada momento que pasaba. "Tenía de todo", había dicho un día: "pero siempre faltaba algo en mi interior." Apartando sus bonitos ojos de mí prosiguió: "sentía que me faltaba algo pero no sabía qué". Para mis adentros: "Pues ahora ya te has enterado, cariño" y a ella le susurré "¡Ven ya!"

Llegó la primavera. La ventana de la habitación estaba abierta. Me acerqué y comencé a mirar hacia fuera. Mis ojos buscaban a Natali entre los caminantes, en el interior de los coches que pasaban. Algunas mujeres estaban limpiando los cristales de su casa, otras ponían a secar la colada que acababan de hacer. Llamaban mi atención los verdes brotes que salían a los árboles junto a las hojas. Las palomas de colores que salían disparadas de los setos mostraban con alegría su destreza. Las voces de los atronadores altavoces de las camionetas que no paraban de pasar vendiendo fruta y verduras se mezclaban con la de la llamada a la oración; el aire estaba envuelto en una emoción, una agitación injustificada, en esperanza.

Una semana más tarde, vino Natali. Tras una semana entera cada segundo de la cual pasé con indescriptibles dolores, apareció por la mañana temprano. Entró sin mirarme siquiera y tras besar a Talin se dejó caer sobre el sofá. Parecía deprimida. Por lo visto, la semana transcurrida tampoco había sido fácil para ella. Me acerqué, queriendo acariciarla, alargué mi mano hacia su cara. La rechazó, "Esto no puede ser···", masculló. Quedé de pie sin saber qué hacer. Sentía en mi cara la mirada llena de tristeza de Talin y traté de que nuestras miradas no se encontraran. Al poco rato, Natali pidió que las dejara a solas: necesitaba hablar con su hermana. Salí de la habitación y comencé a esperar. El tiempo no pasaba y yo quería saber qué sucedía. Temía que Natali se fuera enseguida después de hablar con Talin. Eso no quería permitírselo. Al alargar la cabeza hacia la habitación vi que Natali lloraba con la cabeza apoyada sobre las rodillas de su hermana y entré sin reparos. Me senté al lado de Talin y llevé mi mano sobre el cabello de Natali. Levantó la cabeza y tras mirarme a la cara apartó mi mano despacio. Luego volvió a bajar la cabeza sobre las rodillas de su hermana y siguió llorando. Talin, con una mano le acariciaba el cabello a Natali y mientras me miraba a los ojos. Incliné la cabeza hacia delante como si aceptara ser el culpable. No sabía cómo comportarme ni qué decir. Seguí allí sentado viendo cómo lloraba y escuchando sus gemidos. Al poco rato se levantó, le dió un beso en la mejilla a Talin y se fue directamente hacia la puerta. Tras dudar un momento fui tras ella. La paré entre dos pisos agarrándola de un brazo. Apoyé su espalda a la pared. Trataba de zafarse de mí, apartaba la vista. Tras resistirse unos minutos a mis labios, a mis ojos, a mi fuerza, se dejó hacer. En ese momento se apagó la luz automática de la escalera.

Natali estaba una vez más entre mis brazos y ya no podría ir a otra parte. Era mía. Era mía para siempre, con todos sus sentimientos y curvas.

Al volver a casa y sentarnos en el sofá repitió: "Esto no puede seguir así." "No puedo hacer esto, yo no soy así···" Talin se había sentado en una butaca frente a nosotros y nos leía los labios. Agarrándola de la mano le dije: "Vámonos Natali." Luego de levantar la cabeza y mirarme a la cara preguntó: "¿A dónde?" "No lo sé.", respondí: "A donde sea."

Pensó un momento y luego se levantó diciendo "Vámonos". Yo también me puse en pie. Allí frente a ella, acariciándole el cabello, le pregunté: "¿Y los niños, Natali?" "Vámonos", respondió.

Me saqué la alianza del dedo y la dejé sobre la mesa. Ella hizo lo mismo. Se acercó a Talin, la abrazó largamente, la besó. Yo también.

Pasábamos por delante del banco en el que hacía un rato nos habíamos sentado con Talin. Esta vez la calle estaba aún más tranquila. Caminábamos despacio sin hablar en absoluto, mirando a nuestro alrededor. Tras pasar Narlikapi y Gençosman descansamos un poco en un banco frente al Hospital General de Estambul. No nos habíamos dicho una sola palabra desde que salimos de casa; a parte de algunas miradas furtivas, ni nos habíamos mirado debidamente. Unos minutos después, Natali se levantó, yo también. Comenzaba a ponerse nerviosa. Quise decir algo que la tranquilizara, que le hiciera desechar la tensión, pero no había nada que pudiera prometerle. Me encontraba una vez más en la calle y sin dinero, pero en esa ocasión no estaba solo. A mi lado había alguien en quien debía pensar, alguien a quien abrazar: un bebé que acababa de abrir sus ojos al mundo, un ángel con efluvios del paraíso, un hada de belleza incomparable.

Un rato después de pasar el refugio de pescadores y Kumkapi llegamos a Sarayburnu. Había comenzado a oscurecer y nosotros seguíamos aún sin saber a dónde nos dirigíamos. Nos pusimos a mirar el mar sentados en un banco. Hacía fresco y Natali estaba sentada con los brazos cruzados sobre el pecho. Al fin, al cabo de un rato, preguntó: "¿Qué haremos?" "No lo sé" dije yo. "Lo único que sé es que no tengo dinero ni un sitio donde ir." Y añadí: "Eso tú ya lo sabes." Tras permanecer un rato en silencio: "Cuando salí de casa sentí que hoy sucedería algo y dejé el dinero que llevaba en el bolso y algunas joyas en casa," murmuró. "No me pertenecían". Para mis adrentros: "¡Fantástico!" Así es como en un mundo como este dos personas encuentran un tesoro sentimental y al poco rato, también en este mundo, en un lugar solitario en el que se apiñan los vagabundos, bajo la oscuridad de la noche y sin un céntimo en el bolsillo se ponen a hablar de moral, conciencia y buenos sentimientos: "¡Fantástico!" Esa conciencia limpia, esos valiosos pensamientos sobre nuestra visión del mundo, ¿van a llamar la atención de los lobos hambrientos que pronto comenzarán a pasearse alrededor de nosotros o serán suficientes para ahuyentarlos? "¿Sabes de algún sitio donde podamos pasar la noche, Natali?" No lo había···

"Yo puedo despedirme de este mundo infame muriendo de hambre o enloqueciendo, Natali." Tras parar un momento seguí: "Ya que lo he vivido antes sin razón ni culpa, puedo volver a hacerlo ahora de nuevo por ti, por nosotros." Sin permitirme seguir, cerró mis labios con su mano: "Volvamos.", dijo. Nos levantamos.

Quinta parte

Llamé. En una pared del cuarto de estar había colgada una pequeña caja conectada al timbre. Al apretar, una pequeña bombilla comenzaba a encenderse y apagarse en el interior de la cajita. Al abrir Talin la puerta, entramos con las cabezas bajas. Sobre la mesita había una botella de vino y tres copas vacías. Talin sabía que volveríamos irremediablemente, nos había estado esperando. Nos sentamos, llenamos las copas y en silencio nos pusimos a esperar nuestro destino. Poco después, Talin se puso en pie y brindó por nuestra felicidad. Luego me alargó un papel que se sacó del bolsillo. Lo cogí y lo miré. Aquello, por lo que ponía, era un billete para un autobús que salía dentro de una hora. Seguidamente fue a buscar a otra habitación una bolsa de plástico que le alargó a Natali. Ésta, tras dudar un momento, sacó de ella tres fajos de billetes. Los ojos se nos pusieron como platos de la sorpresa. Tras hablar ellas mediante señas durante unos minutos, pregunté:

- ¿De dónde ha sacado ese dinero?
- Vendió el piso.
- ¿Qué piso?
- El que tenía alquilado.
- ¿A quién?
- A un agente inmbiliario···A precio de ganga.
- ¿Cómo pudo hacer eso sin ti?
- Yo le había firmado un poder. Para que no tuviera problemas al ocuparse de los asuntos del arrendamiento···
- ¿Y de qué va a vivir?
- No lo sabe···Dice que no tiene importancia.

Natali se levantó y abrazó fuerte a Talin. Estuvieron así un rato. Los ojos de ambas se habían llenado de lágrimas. Luego, Natali tomó su bolso del sofá y se volvió hacia mí: "¿Nos vamos?", preguntó. "Natali", dije "Que venga también

Talin con nosotros". Tras pensar un momento y mirándome a los ojos: "Un hogar sólo puede tener una mujer", dijo. "No digas tonterías", dije, "¡es tu hermana!".

"Vámonos." dijo.

Nos subimos a un taxi y llegamos a la estación de autocares. Subimos al autocar para el que teníamos el billete y nos colocamos en nuestros asientos. "¿Dónde vamos?" dijo Natali. "No lo sé", dije. Reímos. Arrancó al poco rato. Natali apoyó la cabeza en mi hombro y no tardó en dormirse. Mientras le acariciaba despacio el cabello, también mis ojos comenzaron a cerrarse.

Al abrir los ojos al amancer y ver el paisaje frente a mí, casi me trago la campanilla. Enseguida desperté a Natali. Oteando a mi alrededor pregunté "¿Dónde estamos?".

El autocar iba hacia una salida de carretera con un tablón que decía "EVENES". Bajo las nubes blanquísimas y tan bajas que casi podíamos tocarlas con la mano estaban las chimeneas de hada[1], rodeadas por palomas que batían sus alas, junto a los valles infinitos y las tumbas excavadas en la roca, aventurándonos una buena vida.

Comimos algo sentados a ambos lados de una mesa colocada frente a una tienda en la estación de autobuses del pueblo. Natali observaba el entorno, mientras arrancaba un autocar al que ya le había llegado la hora de partir. Hacía buen tiempo y aquello estaba tranquilo y en silencio. Tras beberse a sorbos el café, murmuró "aquí el tiempo transcurre despacio." "Sí", dije: "Ideal para nosotros."

No llevábamos nada. Nos levantamos de donde estábamos y de camino al centro vimos algunos turistas extranjeros. El terrorismo, el terremoto, la crisis, habían quedado atrás dejando paso a aquellos alegres turistas, que paseaban tranqui-

---

1 Nota del T.: Las chimeneas de hada – peri baca en turco- son formaciones geológicas típicas de Capadocia.

los como si no hubiera pasado nada. Entramos
en una inmobiliaria del centro rodeada de tiendas de kilim[2], alfarería y joyería, diciendo que teníamos intención de instalarnos en el pueblo y
que buscábamos una casa para alquilar.

No se observaba ningún problema: los comer-
ciantes hacían sus preparativos para la temporada a punto de empezar y que parecía iba a ir
bien. Pintaban las tiendas, limpiaban, llenaban
estanterías. Pasando entre ellos, llegamos a la
casa que nos iban a mostrar.

La flores habían comenzado a abrirse; era una
casa a la que se entraba por un pequeño jardín
en cuya esquina había leña apilada, de habitaciones abovedadas y planta baja. El agente in-
mobiliario dijo que era una antigua casa griega.
Sobre el suelo cubierto de madera, había unos
bancos apoyados en la pared y en medio de la
habitación, una chimenea vieja. Desde la venta-

---

2   Nota del T.: Los kilim son alfombras sin pelo.

na por la que miré se veía el curioso perfil del lugar y un arroyo que dividía en dos el pueblo.

La casa estaba bien construida y limpia, lista para entrar. Los ojos de Natali brillaban de felicidad.

Volvimos a la inmobiliaria, donde bajo un nombre inventado, firmé el contrato de arrendamiento con una rúbrica igualmente falsa. Tras pagar el alquiler y la comisión al contado, fuimos a ver una tienda en alquiler que el mismo hombre nos recomendó en el centro del pueblo. Pretendíamos comenzar a vivir sin perder un minuto.

Al entrar en la tienda vacía, que claramente necesitaba unos arreglos, el agente nos preguntó qué pensábamos hacer. Dije que no me atrevía a arriesgar esta oportunidad que se me brindaba metiéndome en algo desconocido, que pensaba abrir una tienda de objetos de regalo. Dijo que nos iría bien, que en unos días habría tantos grupos de turistas que no habría por dónde pa-

sar. "No necesitamos mucho.", dije "nos confor-
mamos con que no nos vaya mal del todo." Él
reafirmó con la cabeza esto que dije tan sinceramente.

Nos pusimos manos a la obra aquel mismo día.
Encargamos algunas cosas necesarias para la
casa e hicimos una lista de gastos y un plan de
arreglos para la tienda. Parecía que si hacíamos
lo que nos habíamos propuesto, no nos quedaría
nada tras hacer la reforma y comprar el género.
"Si no," dijo Natali "podemos pedir un crédito al
banco." Alzando la cabeza del cuaderno, respondí "¡Con cuidado, eh!". Rió.

Tras algunos días de intenso trabajo la tienda
estaba totalmente a punto y no le faltaba de
nada. Colocábamos sobre las estanterías que ro-
deaban las paredes los objetos que íbamos
sacando de sus cajas. El dinero que traíamos se
había consumido y para conseguir una parte del
género nos habíamos endeudado.

Lo habíamos invertido todo en la tienda, construyendo un mundo para dos. Teníamos una hermosa casa donde pasar el resto de nuestras vidas y una tienda llena hasta los topes. El número de turistas que paseaba por el centro aumentaba cada día que transcurría. La dependienta, una jovencita muy alegre, bromeaba con Natali mientras trabajaban. Tras observarlas durante un rato me retiré a una esquina silenciosa de la parte trasera de la tienda y levanté la cara "De acuerdo.", comencé diciendo. "Habré cometido errores···Me rebelé, bajo el influjo de la cólera desatada te llamé con nombres impropios y te dije cosas muy feas. Lo he pagado con creces. Por brindarme esta oportunidad te doy las gracias de todo corazón." Me sentía sincero, lleno de emociones positivas. Cuando fui a bajar la cabeza, pensé que tras haber pasado por tantas aventuras no pasaba nada si bromeaba un poco. Proseguí: "Ja, ja. ¿Viste lo que hice?" "No has podido conmigo, ¿eh?"

Cogí el rótulo que iba a colgar sobre la entrada y salí. Mientras buscaba algo a lo que subirme comezaron a llegar a mis oídos voces lastimosas. Alcé la cabezá y miré: había una boda de gaviotas. No era una buena señal.

Al entrar para coger una silla, la dependienta bajó el volumen de la radió diciendo "¿Lo ha oido?" "¡Han hecho explotar el centro mundial del comercio!" Primero no comprendí: "¿Queé?", murmuré: "¿Y a nosotros qué nos importa?" "Guerra", dijo. Sentí dolor···Aquello fue exactamente lo que dijo.

9 783949 197390